Étienne DESTRANGES

L'OURAGAN

d'Alfred BRUNEAU

ÉTUDE ANALYTIQUE ET THÉMATIQUE

Avec un Portrait

PARIS

LIBRAIRIE FISCHBACHER

(SOCIÉTÉ ANONYME)

33, Rue de Seine, 33

—

1902

L'OURAGAN

DU MÊME AUTEUR

~~~~~~

Etudes analytiques, critiques, thématiques

L'ATTAQUE DU MOULIN, d'*Alfred Bruneau*.

BRISÉIS, d'*Emmanuel Chabrier*.

LE CHANT DE LA CLOCHE, de *Vincent d'Indy*.

L'ÉVOLUTION MUSICALE CHEZ VERDI : AIDA, OTHELLO, FALSTAFF.

LES FEMMES DANS L'ŒUVRE DE RICHARD WAGNER, avec une préface d'*Alfred Bruneau* et vingt dessins d'*A. de Broca*.

FERVAAL, de *Vincent d'Indy*.

HÆNSEL ET GRETEL, d'*E. Humperdinck*.

KÉRIM — LA BELLE AU BOIS DORMANT — REQUIEM — PENTHÉSILÉE — LIEDS DE FRANCE — CHANSONS A DANSER, d'*Alfred Bruneau*.

LES INTERPRÈTES MUSICAUX DU FAUST DE GŒTHE (épuisé).

MESSIDOR, d'*Alfred Bruneau*.

L'ŒUVRE LYRIQUE DE CÉSAR FRANCK.

L'ŒUVRE THÉATRAL DE MEYERBEER.

L'OURAGAN, d'*Alfred Bruneau*.

PROSERPINE, de *Saint-Saëns*.

LE RÊVE, d'*Alfred Bruneau*.

SAMSON ET DALILA, de *Saint-Saëns*.

SANCHO, de *E. Jaques-Dalcroze*.

TANNHÆUSER.

LE THÉATRE A NANTES DEPUIS SES ORIGINES JUSQU'A NOS JOURS (1430-1901), avec dix gravures et un portrait.

LES TROYENS, de *Berlioz*.

Ouvrages divers

COLLOT D'HERBOIS A NANTES, d'après une pièce originale découverte dans les Archives de la Ville.

DIX JOURS A BAYREUTH.

NOTES DE VOYAGE.

SOUVENIRS DE BAYREUTH.

En préparation

CONSONNANCES ET DISSONANCES.

Etienne DESTRANGES

L'OURAGAN

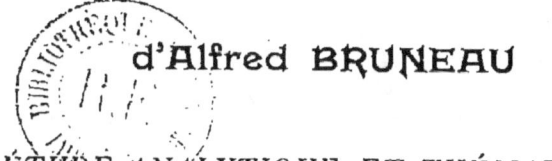

d'Alfred BRUNEAU

ÉTUDE ANALYTIQUE ET THÉMATIQUE

PARIS

LIBRAIRIE FISCHBACHER

(SOCIÉTÉ ANONYME)

33, Rue de Seine, 33

—

1902

A

Mademoiselle Suzanne BRUNEAU

SON VIEIL AMI

E. D.

Alfred BRUNEAU

L'OURAGAN

I

L'Œuvre littéraire

Une œuvre lyrique nouvelle due à la collaboration de MM. Emile Zola et Alfred Bruneau suscite toujours, à bon droit, la curiosité du public et des amateurs de tout art sincère et vrai.

Après le *Rêve*, cette partition parfumée, comme l'appela un jour Gounod, délicate fleur de mysticisme et de passion chaste, parut l'*Attaque du Moulin*, qui stigmatisa de si énergique façon la guerre et toutes ses horreurs. Vint ensuite *Messidor*, œuvre superbe et incomprise, — dont l'heure sonnera sûrement un jour ou l'autre, — dans laquelle le musicien, éloquent traducteur du poète, chanta le triomphe du Blé pacifiant et nourrisseur sur l'Or malfaisant, source de tous les vices, de toutes les discordes. Aujourd'hui, c'est l'*Ouragan*, drame de passion tragique, qui vient prendre une belle place dans cette série unique d'ouvrages réunissant, en une fraternelle et féconde collaboration, deux des hommes dont le génie honore le plus justement l'art français,

Avant de commencer l'étude thématique de la partition, il convient d'analyser d'abord le poème, qui est une œuvre de haute valeur littéraire.

Drame très poignant et très humain, l'*Ouragan*, — dont le titre s'applique autant au cataclysme moral qui est le nœud de l'action, qu'à la tempête terrestre pendant laquelle elle se déroule, — contient une bonne part de symbolisme, symbolisme très clair, très net, très défini, favorable, au plus haut point, à la musique. Je le commenterai tout à l'heure.

L'action se passe dans l'île de Goël, qu'il est inutile de chercher sur une carte. Les auteurs ont très soigneusement évité de situer le lieu du drame, aussi bien que de fixer l'époque où il se passe, pour laisser aux personnages, en dehors de toute convention, de toute contingence, leur haute signification d'éternelle, d'universelle humanité. Comme l'a dit Zola lui-même, dans de courtes notes écrites sur l'*Ouragan* en vue de la représentation, « cette île est partout et nulle part... Elle est là-bas où des couples aiment, pleurent et espèrent, dans la tourmente de leurs

cœurs et des éléments. » Donc, dans Goël,
île sauvage toute hérissée de récifs et entourée
de brisants, vit une petite population, unique-
ment composée de pêcheurs qui, tous les
jours de l'année, par vents et marées, mènent
courageusement leur rude et périlleux métier.
Deux familles principales dominent dans l'île
et, depuis de longues années, se disputent la
prépondérance. De ces deux familles il ne
reste plus, aujourd'hui, que quatre descen-
dants. Dans l'une, deux frères : Richard et
Landry ; dans l'autre, deux sœurs : Marianne
et Jeanine. Marianne, éprise de Richard, a
fait épouser Jeanine à Landry. Or, Richard
et Jeanine s'aiment sans se l'être jamais dit.
Richard, de quinze ans plus âgé que la jeune
fille, n'a pas osé supposer que l'affection
qu'elle lui témoigne pût jamais aller plus
loin qu'une simple camaraderie fraternelle.
Jeanine, de son côté, a cru que le rude marin
la traitait toujours en enfant. Elle n'a pas
compris, — pas plus que lui ne l'avait deviné
pour elle, — que cette chaude amitié était, en
réalité, de l'amour. De ce double malentendu
naîtra le drame qui se déroulera plusieurs
années après.

Jeanine est donc devenue la femme de
Landry. Quant à Richard, sourd à la passion
de Marianne, il a légué tout son avoir à son
frère et il est parti pour les mers lointaines

après avoir fait le serment de ne plus revenir
à Goël. Il s'est embarqué le cœur déchiré,
mais en emportant le douloureux contente-
ment d'avoir assuré, par son sacrifice, le
bonheur de Jeanine et de son frère bien-aimé.
Marianne préfère encore cette absence éternelle au risque de voir l'homme qu'elle chérit
d'une passion profonde épouser une autre
femme, comme elle a pu le craindre un
instant. Richard parti, elle n'a plus eu qu'une
préoccupation : absorber la pêcherie rivale,
dont son beau-frère est resté seul maître,
devenir l'unique patronne de toutes les barques, étendre sa domination sur les différentes
familles de pêcheurs, régner enfin, véritable
reine, dans Goël asservi. Elle est sur le point
de réaliser ce rêve. Landry, nature fruste et
faible, qui n'a jamais éprouvé pour Jeanine
qu'une passion purement sensuelle, n'a pas
tardé à se laisser aller à la débauche. Il joue,
il s'enivre, il brutalise sa femme, qui ne cesse
de penser à l'Absent. La gêne est entrée dans
la maison et, peu à peu, pour combler ses
pertes de jeu, Landry s'est mis à vendre ses
filets et ses barques. Marianne les achète
aussitôt, guettant, dans son âpreté domina-
trice, la ruine finale de son beau-frère, qui la
rendra maîtresse de Goël. Les choses en sont
là au moment où le drame commence.

Un jour, un ouragan subit s'élève, forçant

un navire, passant au large, à venir chercher
un refuge dans la baie de Grâce, petit hâvre
sûr qui s'ouvre sur cette côte justement
redoutée des marins. A bord de ce navire se
trouve Richard, ramené malgré lui dans sa
patrie, après trois ans d'absence, par l'aveugle
force des vents et des flots. Il est accompagné
d'une délicieuse enfant de quinze ans, re-
cueillie, là bas, dans une île d'un autre océan,
espèce de petite sauvage qui lui a voué une
reconnaissance sans bornes, une affection
vigilante et infinie. Si près de sa maison,
Richard ne peut résister au désir de la revoir.
Il descend à terre et arrive juste pour trouver
Jeanine en pleurs. Il l'interroge anxieusement.
N'est-elle donc point heureuse ? Landry sur-
vient, la menace à la bouche, et, sans voir
son frère, il s'élance sur Jeanine pour la
frapper. Richard commande à celle-ci de
fuir pendant qu'il maintient son cadet. Landry furieux, accuse Richard de vouloir lui
voler sa femme.

Jeanine s'est réfugiée dans un vallon qui
descend vers la baie de Grâce. Là, parmi les
verdures puissantes couvrant les bords de ce
rivage abrité des vents et baigné par un
courant tiède, s'élève un arbre immense. Un
vieil usage du pays le considère comme un
asile sacré pour les amants qui viennent se
cacher sous ses branches. La jeune femme,

brisée par ses émotions, dort sous le tutélaire
ombrage, veillée par Lulu, l'enfant exotique,
à qui Richard l'a confiée. Mais voici Marianne
qui accourt à la recherche de sa sœur. Elle a
appris le retour de Richard et tout son amour
d'autrefois pour l'homme qui l'a dédaignée
fleurit de nouveau en son cœur avec plus
d'énergie. Elle annonce à Jeanine que Landry
est dans une affreuse rage de jalousie ; elle la
supplie de rentrer et de faire la paix avec son
mari. Jeanine refuse et Marianne se retire,
désespérée, car elle comprend que Richard
va lui échapper pour la seconde fois. Richard
arrive ; Jeanine et lui se rappellent leurs
souvenirs, et, finalement, oubliant tout ce qui
les sépare, ils s'avouent leur amour. Richard
emmènera Jeanine dans les pays lointains
vers lesquels son désir l'entraîne sans cesse
et ils vivront, là-bas, heureux, oubliants, ou-
bliés. Tandis que, dans le calme de la baie de
Grâce, les amants font ainsi des projets de
bonheur, au delà du mur de rochers, la mer
gronde, furieuse. Tout à coup, derrière les
branches, Marianne apparaît, montrant à
Landry, qui l'accompagne, Richard et Jeanine
enlacés. Landry veut se précipiter sur eux et
les tuer, mais sa belle-sœur le retient. « Pas
dans ce lieu d'asile, dit-elle ; chez moi, cette
nuit ! » Et elle l'entraîne.

Richard et Jeanine, confiants en Marianne,

sont venus passer la nuit sous son toit. La
tempête augmente toujours ; le vent et la
pluie font rage. Et, tandis qu'au dehors les
femmes de Goël interrogent, avec anxiété, le
trou noir de l'horizon, — nombre de barques
ne sont pas rentrées au port, — Marianne
oublie ses préoccupations de « patronne »
pour ne songer qu'à son amour et à sa jalousie. Richard va partir, emmenant Jeanine. A
cette pensée son cœur se brise et, dans sa
rage, elle fait cacher Landry qui arrive prêt
au meurtre. Elle aime mieux Richard mort
que dans les bras d'une autre femme. Richard
sort de sa chambre ; Marianne lui crie son
amour, le supplie de renoncer à Jeanine et
de rester à Goël pour partager, avec elle, sa
domination sur toutes les pêcheries. Richard
demeure inflexible, et quand Jeanine paraît
à son tour, il court vers elle et la serre sur
son cœur. Landry s'élance de sa cachette ; il
jette un couteau à Richard et le provoque à
un duel à mort. Celui-ci recule : il ne se
battra pas à son frère et se laissera plutôt
assassiner. Landry se rue alors sur lui, mais
Marianne, maintenant, devient folle à la pensée que l'homme adoré va être tué, là, devant
elle. Elle essaye d'arrêter le mari de Jeanine
et, comme ce dernier la repousse, elle lui
plonge son couteau dans le dos.

La tempête s'est apaisée. Richard et Jeanine

vont s'embarquer. Marianne, triste et sombre,
erre sur le port. Elle frémit à la pensée de
de rester seule à Goël avec le cadavre de
celui qu'elle a tué. Richard et Jeanine se
dirigent vers le navire. Celle-ci, au moment
où elle est sur le point de quitter son pays
natal, sent quels liens puissants l'y attachent.
Délivrée d'un époux détesté, elle n'éprouve
plus le besoin de s'exiler, et elle supplie Richard de demeurer pour toujours à Goël, à
présent qu'aucun obstacle ne s'oppose plus à
leur union. Richard, indigné, refuse cette
proposition. Non ! partir, partir au plus vite ;
le bonheur, si tant est qu'il puisse s'en trouver
encore, ne peut être que là bas. Marianne,
qui s'était tenue à l'écart, s'avance alors. Elle
supplie, elle menace et, finalement, elle éclate
en larmes. Les deux amants peuvent partir ;
elle les laisse libres. Jeanine, émue, mêle ses
pleurs à ceux de sa sœur. Alors un revire-
ment se fait dans le cœur de Richard. Déjà
les hésitations de Jeanine avaient commencé
à le troubler. Il comprend, maintenant, avec
lucidité, que le renoncement est la seule solu-
tion possible à la situation où tous les trois se
débattent et, comme Lulu accourt pour l'in-
viter à hâter son départ, il se décide à la
suivre seul. Que Marianne et Jeanine demeu-
rent à Goël et qu'elles y règnent en paix,
conservant son souvenir, au fond de leurs

âmes endeuillées, « comme celui de l'amour le plus fort, celui qui ne s'est point contenté ». Et Richard, appuyé sur l'épaule de Lulu, l'enfant des îles lointaines, regagne le navire sur lequel il va reprendre ses courses vagabondes à travers les mers.

Tel est le drame réduit à sa plus simple expression. J'entrerai dans ses détails en analysant la partition, mais, dès maintenant, il importe de dégager le symbolisme propre à chacun des personnages. Tous, admirablement campés, vivent, malgré qu'on en ait dit, d'une vie intense. Cependant, les auditeurs qui, dans une œuvre, cherchent autre chose que l'intrigue, que les émotions, plus ou moins vives, procurées par l'action et le geste, estimeront, avec raison, que les héros de l'*Ouragan* peuvent être considérés comme de véritables entités.

Jeanine, sorte d'Eve, de Vénus, est la personnification de la femme amoureuse et sensuelle, dont l'odeur suffit à griser les hommes et à les faire s'entre-tuer ; elle est craintive, faible, hésitante, sans volonté, toujours prête à subir la loi du plus fort, oublieuse, sans réelle conscience morale. Elle ne raisonne point, elle sent. C'est une impulsive et elle va, telle une force de la Nature, où la pousse son désir. Elle symbolise aussi l'attachement au pays natal, auquel elle tient par tous les

2

fibres de son être. Elle est bien la fille de cette île sauvage, hérissée de rocs arides, mais qui cache, pourtant, le coin délicieux de la baie de Grâce, où se dresse le tronc énorme de l'arbre légendaire d'amour et de refuge. Comme Jeanine le dit elle-même, si elle est née « du flot de cette rive, c'est pour être bercée et gardée les nuits et les jours entre les bras de l'homme qu'elle aime. » En un mot, elle est la Femme avec tous ses charmes, mais aussi avec toutes ses défaillances.

Marianne, au contraire, symbolise la femme forte, la femme de tête, de Vouloir, d'Energie, qui sait commander et se faire obéir. Plusieurs sentiments puissants se la disputent : l'Orgueil, le besoin de Domination, la Jalousie et l'Amour. Mais cette dernière passion livre dans son cœur des combats autrement puissants, autrement terribles que dans celui de Jeanine.

Richard identifie en lui le Devoir et l'esprit de Sacrifice. Si, un moment, il cède, lui aussi, à la passion, le sentiment d'une morale plus élevée le fait se sacrifier encore. Il est aussi le prototype de l'activité humaine, de l'avide besoin de connaître toujours davantage.

L'adorable personnage de Lulu, laissé quelque peu de côté dans l'analyse ci-dessus, où je n'ai donné que l'essence du drame, représente le charme de l'Inconnu, le Rêve, le Désir inassouvi du Beau, l'Amour chaste, ingénu et qui s'ignore.

Landry est le type de l'homme faible, égaré par les mauvaises passions, transformé par elles, de doux et bon qu'il était auparavant, en un être brutal et farouche, qui rudoie sa femme bien qu'il l'aime, pourtant, d'un amour sincère, sinon très élevé.

Enfin, il est un cinquième personnage, celui de Gervais, dont je n'ai pas encore eu l'occasion de parler, car il ne joue qu'un rôle épisodique de vieux marin. Son symbole, à lui aussi, est d'une évidente clarté. Il personnifie l'humble, le courageux ouvrier des dures besognes, résigné à son métier et qui courbe, mélancoliquement, la tête sous les coups du sort obstiné à le frapper.

Dans l'*Ouragan*, Zola a chanté, avec cette magnificence de style, cette puissance d'évocation qui lui sont propres, l'Amour sous toutes ses formes : l'amour sensuel et l'amour chaste, l'amour passionné et l'amour idéal, l'amour fraternel et l'amour du sol natal, enfin l'amour de la mer, aussi absorbant, aussi puissant que les autres. Tous les personnages sont des êtres d'amour ; leur âme, leur chair, pétries par l'Amour, souffrent par l'Amour. Tous les motifs qui les poussent, tous les sentiments, bons ou mauvais, qui les agitent ont pour point de départ l'Amour, toujours l'Amour.

Mais, comme l'a dit encore Zola, l'Amour entraînait naturellement « les troubles de l'être qui l'accompagnent : le Désir, la Volupté, la Jalousie. Ensuite, les autres passions, les autres sentiments, les cœurs qui se sacrifient, les cœurs que rien ne dompte, la tendresse, la bonté, l'orgueil, la haine, la pitié, l'horreur, tout ce qui est le meilleur de l'homme et qui peut en devenir le pire. La pensée des auteurs a été de prendre ainsi tous ces facteurs du drame humain, de les pousser à leur expression la plus tragique, de les exaspérer et de les heurter dans une action la plus nette et la plus décisive possible. De l'essence d'humanité, si l'on peut dire. C'est l'ouragan de nos passions qui, tout d'un coup, sans raison, souffle dans notre ciel bleu, dans le train ordinaire de notre vie, qui saccage et emporte tout, jusqu'au retour du joyeux soleil, nous laissant dévastés, saignants, devant l'existence qui recommence. L'horizon de nouveau se déroule, le voyageur se remet en marche pour l'infini, pour l'inconnu des vastes mers. »

Le poème de l'*Ouragan*, d'une véritable grandeur, est écrit dans une prose souple, harmonieuse, cadencée, excessivement musicale. Je ne crois pas que, cette fois, on puisse rien reprocher à M. Emile Zola sur ce point.

Lors de l'apparition de *Messidor*, on avait discuté, à perte de vue, sur la plus ou moins grande musicalité du texte. Moi-même, dans l'étude thématique consacrée à ce bel ouvrage ([1]), j'avais cru devoir faire quelques réserves sur certains passages. Après l'*Ouragan*, il n'y a plus qu'à s'incliner devant la beauté de ces périodes de prose, mille fois plus dignes, certes, d'inspirer un musicien, que les ignobles vers de mirliton des trois quarts des librettistes. Le coup d'audace de *Messidor* a, d'ailleurs, porté ses fruits. Depuis nous avons vu deux autres belles œuvres, *Louise* et le *Juif polonais*, triompher avec des livrets en prose. La bataille est donc aujourd'hui gagnée. L'admirable langue dans laquelle est écrit l'*Ouragan* ne peut que la confirmer ([2]).

Et pourtant, la lutte autour de la nouvelle œuvre des auteurs du *Rêve* n'a pas été moins vive qu'autour de *Messidor*. Même, elle a revêtu un caractère plus âpre et elle a été menée par certains avec un réel parti pris d'injustice et de dénigrement. Quelques-uns, — la chose est triste à constater au début du

---

(1) ÉTIENNE DESTRANGES : *Messidor*, étude analytique et thématique. Fischbacher, éditeur, 33, rue de Seine, Paris.

(2) G.-F. MAURICE EMMANUEL : *Revue de Paris*, 15 juin 1901. Prose et Musique.

XX' siècle, — firent payer à une œuvre d'art les opinions de ses auteurs. Ils la raillèrent, a bafouèrent, Dieu sait avec quelle légèreté et quel esprit !

Néanmoins, à quiconque veut juger impartialement, le poème de l'*Ouragan* paraîtra un des meilleurs qui aient jamais été offerts à un musicien, en France aussi bien qu'à l'étranger. Les chercheurs de petites bêtes ont reproché à quelques situations de n'être pas assez préparées ; ils ont critiqué la rapidité avec laquelle Jeanine se résigne à l'abandon de Richard ; ils ont fait un crime à certains personnages de l'insistance qu'ils mettent à expliquer eux-mêmes leur symbolisme. Ah ! que voilà donc de bien petites taches devant la réelle beauté de l'ensemble, devant la poésie sombre et farouche qui enveloppe ce drame si poignant dans sa simplicité, « cet ouragan humain, la soudaine rafale de passion, de folie et de crime qui, parfois, nous ravage », auquel Zola, par un coup de génie, « a voulu donner pour cadre un ouragan des éléments eux-mêmes, le ciel clair qui, brusquement, devient noir, le vent qui hurle en tempête, la mer démontée qui engloutit les barques, jusqu'au moment où le ciel se remet à resplendir sur la mer calmée, ensoleillée. »

Ce n'est pas du théâtre ! ont clamé des

critiques. Evidemment, ce n'est pas du
théâtre à la façon de Scribe et de Sardou.
L'auteur de l'*Assommoir* n'a pas les roue-
ries de métier, les ficelles, la dextérité de
main de ces cuisiniers distingués du Drame
et de la Comédie, plus habiles, d'ailleurs, dans
l'art de confectionner des sauces qu'en celui
de dresser un plat solide, substantiel. Mais il
en est, — et je suis de ce nombre, — pour qui
ces défauts deviennent des qualités. Richard
Wagner a connu, lui aussi, la même critique.
Ce n'est pas du théâtre ! La rengaine est déjà
vieille. Les bons snobs rigolaient, jadis, à la
sublime lamentation du roi Marke, — qu'ils
estimaient, alors, n'être pas scénique, —
comme ils s'esclaffent, aujourd'hui, devant le
départ de Richard et le rapprochement entre
le joli nom de Lulu, donné à l'enfant des îles,
et celui de la marque de fabrique d'une célèbre
maison de biscuits.

A la répétition générale, un journaliste me
disait, au milieu d'une discussion au sujet de
l'ouvrage qui se jouait :

— Il n'y a que Zola pour appeler un personnage Gervais !

Et comme, moi, je demeurais stupide, ne
comprenant pas :

— Mais oui ! on ne donne pas à un personnage le nom d'un fromage !...

Que répondre à cela ??

Laissons dire. La meilleure preuve que le livret de l'*Ouragan* n'est pas une œuvre indifférente se trouve dans les discussions passionnées qu'il a soulevées. Au point de vue esthétique, il offre beaucoup de rapport avec la manière d'Ibsen, mais avec une clarté, une netteté qui n'existent pas dans les pièces du célèbre auteur scandinave. Quand des colères qui n'ont rien à voir avec l'Art seront apaisées, on saura rendre justice à ce beau poème.

II

L'Œuvre Musicale

Sur une longue pédale des quatre cors, un large thème monte, calme et grave, chanté *pianissimo* par les instruments à cordes, doublés, çà et là, par les flûtes, la clarinette, les harpes et soutenu, à partir de la troisième mesure, par de doux accords des hautbois et des bassons.

Cette phrase, p. 1, m. 1 et suiv., est le motif primordial de l'œuvre, qu'il remplit depuis la première jusqu'à la dernière page. Il symbolise la Mer. Sa courbe mélodique, montant et descendant tour à tour, figure, avec un rare bonheur, les majestueuses ondulations de l'Océan. Ce thème, qu'on retrouve, à chaque

instant, sous des formes multiples et chan-
geantes comme la mer elle-même, crée autour
du drame, par sa puissance évocatrice, une
véritable atmosphère marine exhalant la saine
et puissante odeur des grands souffles du
large, tout embaumés d'iode et de sel. Ce
motif, d'une étonnante plasticité, a été traité
par le musicien avec une habileté merveilleuse.
Jamais mélodie typique n'a été transformée,
variée, triturée, comme l'a été celle ci ; jamais
compositeur n'a su tirer d'un thème un parti
aussi extraordinaire. J'ai réuni en tableau
synoptique les différentes transformations de
cet admirable motif. On pourra juger ainsi
rapidement et d'une façon nette et précise la
phrase génératrice et ses dérivés.

Le motif de la *Mer* aboutit, après un court
crescendo, à un autre thème auquel je donne-
rai le nom de thème du *Refuge*.

II. Le Refuge.

Il s'applique à la baie de Grâce et, par
extension, à tous les sentiments de paix, de
bonté, de béatitude. Il apparaît aux violons,

Leitmotiv de la MER

Transformations

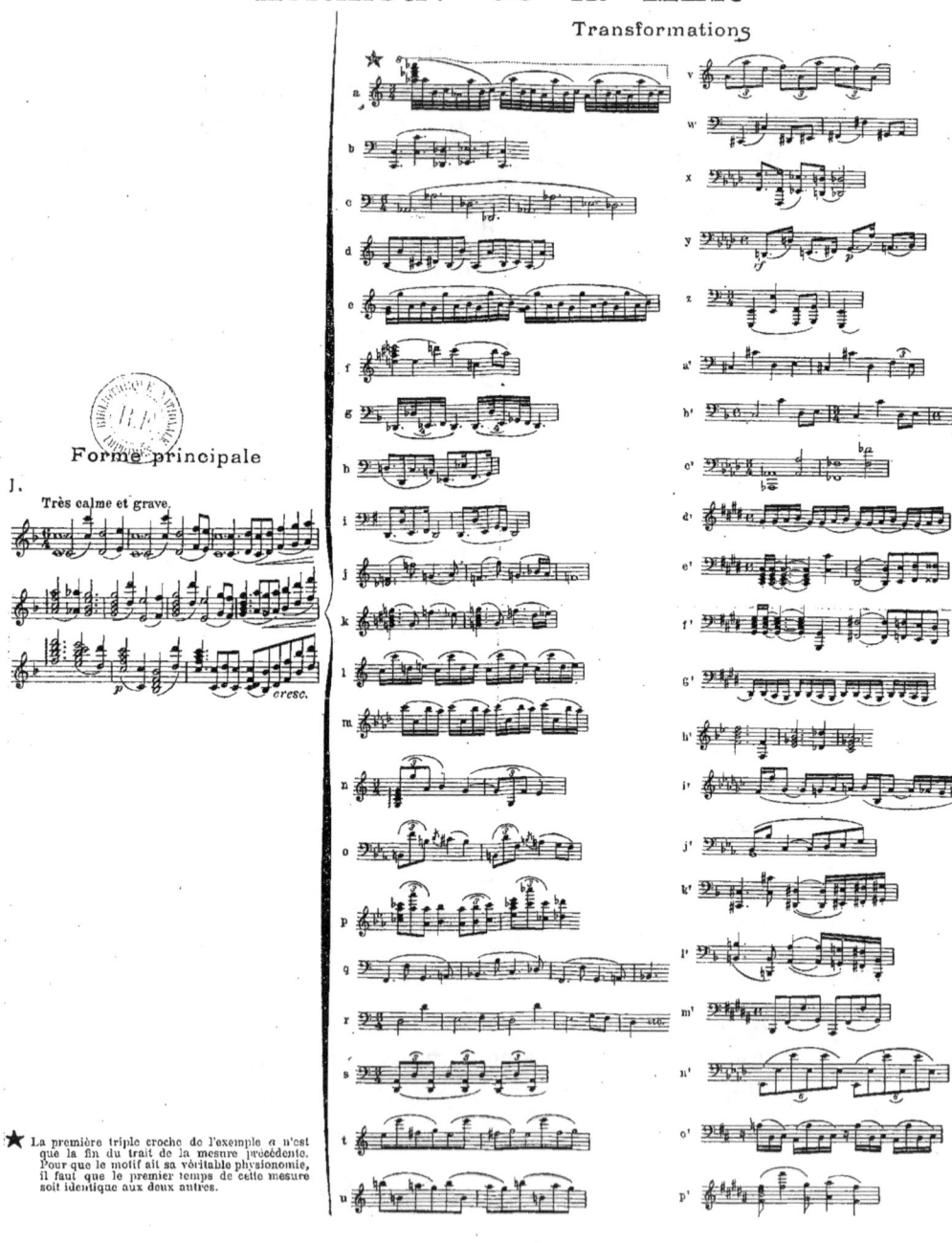

Forme principale

J.

Très calme et grave.

cresc.

★ La première triple croche de l'exemple *a* n'est
que la fin du trait de la mesure précédente.
Pour que le motif ait sa véritable physionomie,
il faut que le premier temps de cette mesure
soit identique aux deux autres.

p. 1, m. 11 et 12, puis aux flûtes et aux violons, p. 2, m. 1 et 2.

Au-dessous de ce thème, les clarinettes et les altos déroulent un dessin issu d'un troisième motif. Les flûtes, le cor anglais, les violons et les altos l'exposent, p. 2, m. 3, 4, 5, 6, superposé à celui de la *Mer* (I), — que ramènent les bassons, la clarinette-basse, les violoncelles et les contrebasses.

III. L'Ame de l'Île.

Ce thème est, après celui de la *Mer*, un des plus importants de la partition. Sa signification est double et se rapporte à Goël et à Jeanine. Cette dernière, en effet, est une émanation directe de Goël. Comme elle le dira tout à l'heure, « elle est née du flot de cette rive » et elle y est tellement attachée, qu'au dernier moment, elle hésitera à la quitter pour suivre l'homme qu'elle aime. Jeanine, en quelque sorte, est l'île vivante, l'île faite femme ; c'est l'île qui chante en elle. La musique, mieux que la parole, est

propre à rendre sensible cette idée de l'iden-
tification de Goël et de Jeanine. Le thème que
j'appelle l'*Ame de l'île* l'affirmera tout le long
de l'œuvre. Il importe de faire remarquer,
pourtant, que les deux premières mesures de
ce *leitmotiv* s'appliquent plus spécialement à
Jeanine et les deux suivantes à Goël.

Le mouvement, qui s'était un peu animé,
redevient large, mais la mesure passe de 6/4
à 3/4. Alors un nouveau thème, — celui du
Navire, — d'un très beau caractère, surgit,
lancé par les bassons, les trombones, le
tuba, les violoncelles et les basses, p. 2,
m. 7, 8, 9, 10, 11, et p. 3, m 1, 2, 3, 4 :

IV. Le Navire.

tandis que les flûtes, les hautbois, les clarinettes, les violons et les altos font étinceler,
au-dessus, la première transformation (*a*) du
motif de la *Mer*. Sous ce nouvel aspect, le
thème donne, avec une réelle intensité, la
sensation des flots bleus scintillants sous les
rayons du soleil. Le *leitmotiv* de l'*Ame de*

l'Ile (III) revient, quelque peu modifié, toujours uni à celui de la *Mer* (I), sous sa forme primitive. La phrase du *Refuge* (II) fait une seconde apparition et le rideau se lève sur un nouveau retour du thème de la *Mer*.

Le décor représente la terrasse d'une maison de pêcheurs, perchée sur une falaise aride et tourmentée. « Un vol de barques de pêche vient de partir et l'on voit leurs voiles blanches décroître peu à peu et disparaître. » Jeanine est en train de raccommoder des filets, tandis que le père Gervais, pensif, considère la mer. Au loin, on entend les voix des pêcheurs qui chantent en s'en allant. Il y a là trois strophes d'une couleur délicieuse, coupées par les récits du vieux marin souhaitant bon retour aux barques et à ses petits-fils. La mélodie de ce chœur, d'une ligne élégante, mais exempte de toute mièvrerie, est basée en partie sur un thème très expressif, celui des *Pêcheurs*, esquissé par les voix, p. 5. m. 5, et chanté en son entier p. 6, m. 5, 6.

V. Les Pêcheurs.

Jeanine, rêveuse, laisse tomber son aiguille et, les yeux perdus à l'horizon, elle évoque l'île de Goël. Elle chante ses rocs sauvages et ses rudes pêcheurs qui, depuis des mille années, vivent sur ce petit coin de terre, heureux, libres et forts. Comme nouveau motif, on trouve, p. 8, m. 5, 6, et p. 9, m. 1, l'appel : Goël ! Goël !

VI. Goël.

par lequel débute le chant de Jeanine, sorte de ballade d'une superbe déclamation lyrique. Ces quatre notes reviennent plusieurs fois dans l'ouvrage. Elles figurent ce qu'il y a d'ancestral dans l'île ; c'est, à proprement parler, le motif de *Goël*. La contexture symphonique de ces pages est fournie par différentes transformations de la *Mer* (*b, c, d, e*), par un renversement (*f*) p. 11, m. 3, du même motif et par les thèmes de l'*Ame de l'île* (III) et des *Pêcheurs* (V). On remarquera la superposition du premier de ces deux derniers motifs à celui de la *Mer* et les superpositions des diverses transformations de la *Mer* entre elles.

Le thème propre à Gervais

VII. Gervais.

se trouve p. 13, m. 8 et 9, à la voix. Sous
cette forme, il figure la tendresse du vieux
marin pour ses petits-enfants, les seuls
membres de sa famille que la mer lui ait
laissés. Malgré le beau temps, Gervais, à
des signes qui ne peuvent le tromper, lui,
redoute un orage et il craint pour le sort du
navire qu'on aperçoit au large, au-delà des
brisants, si ceux qui le montent ignorent le
sûr abri de la baie de Grâce. Le motif du
Navire (IV) revient, là, tout naturellement.
Page 14, m. 3, 4, une série d'accords :

VIII. La Menace.

superposés à une très curieuse transformation
de la *Mer* (g), expriment la sourde *Menace* de
l'ouragan. Le nom de la baie de Grâce, pro-
noncé par Gervais, suffit pour éveiller dans
l'esprit de Jeanine le souvenir de cette merveille de Goël et elle la célèbre en un chant
d'une poésie intense, d'une instrumentation
enveloppante et pleine de délicatesse. Le
thème de *Goël* (VI), ceux de l'*Ame de l'île*
(III) et du *Refuge* (II) reviennent aussi dans
cette invocation chaleureuse où se font jour
deux nouveaux motifs. Le premier, que nous

retrouverons au second acte, est celui du
Désir :

IX. Le Désir.

Ici, il apparaît chanté par Jeanine, p, 17.
m. 3 et suiv., quand elle évoque les dangers
qui menacent les vaisseaux en vue de Goël.
La musique traduit, dans ce passage, avec
une réelle éloquence, un sentiment assez
subtil. Jeanine, inconsciemment, appelle de
tous ses vœux le navire aperçu au loin : son
cœur a deviné qu'il porte l'homme aimé. Au
second acte, Richard lui dira, dans un élan
de grandiose poésie : « C'est ta force souve-
raine qui soufflait dans la voile, et l'ouragan
qui me ramène n'est que la violence de ton
désir ! » Le second motif est celui qui s'applique à l'*Arbre*. Il est exposé à la fois par
les voix, les harpes et les instruments à
cordes, p. 19, m. 5 et suivantes :

X.   L'Arbre.

Landry arrive et reproche à sa femme de musarder au lieu de raccommoder les filets que la nécessité le force à vendre. Un thème brutal lancé par le cor anglais, la clarinette basse, les bassons et les cors proclame, p. 21, m. 1, la violence du mari de Jeanine.

XI. La Violence.

Une transformation de l'*Ame de l'île* (III) est à citer p. 21, m. 6 et suiv., soulignant la crainte de Jeanine devant Landry. Sous cette forme, ce motif alterne avec celui de la *Violence* (XI), dont un renversement doit être noté p. 22, m. 4. Gervais, maintenant au service de Marianne, mais qui, jadis, dans des temps plus prospères, était employé à la pêcherie de Richard et de Landry, s'interpose entre ce dernier et sa femme. Le motif spécial au vieux loup de mer (VII) subit, p. 24, m. 1 et suiv, une modification qui exprime fort bien la brusque et franche bonhomie du pêcheur. Landry s'éloigne pour aller faire mettre à l'abri les barques qui ne sont point parties. Le ciel se couvre, en effet ; l'orage monte. Retour des accords de la *Menace* (VIII) unies à une nouvelle forme (*i*) de la *Mer*. Jeanine éclate en larmes ; Gervais

s'apitoie sur son sort et essaye de la consoler.
Page 27: m. 7 et suiv., un retour, en valeurs
augmentées, de la transformation de l'*Ame
de l'île* (III), citée tout à l'heure, se superpose à un élargissement du thème de la
Violence (XI). Sous la phrase attendrie de
Gervais : *Et la maison croule, et la femme
pleure...* le motif de l'*Ame de l'île* reparaît
encore, mais, cette fois, renversé. En la forme
signalée au début de cette scène, il s'unit,
aussitôt après le renversement, au thème du
vieux (VII).

Un *leitmotiv* expressif et autoritaire s'affirme, p. 29, m. 9, 10 et 11, commencé par le
cor, continué par les trompettes. C'est celui
de l'*Orgueil*, personnel à Marianne.

XII. L'Orgueil.

Cette dernière s'avance. Elle envoie Gervais aider les hommes à remonter les barques.
On entend, au bas de la terrasse, le chant
rythmé et énergique des pêcheurs qui hissent
les embarcations sur le rivage. La *Menace*
(VIII) gronde toujours ainsi que la *Mer* sous
l'une de ses formes (*h*) renversées. Le motif
du *Navire* se retrouve, renversé lui aussi, p.
31, m. 4, 5.

Jeanine ne peut cacher ses larmes à sa sœur
et elle lui reproche d'avoir fait son malheur
en la forçant à épouser Landry alors, qu'en
réalité, c'était Richard qu'elle aimait. Et
comme Marianne lui confie ses désirs de
domination, Jeanine répond qu'il lui importe
peu de régner, car elle n'a soif que d'amour.
Alors les sœurs s'emportent, se disent leurs
vérités et, finalement, elles se mettent à évo-
quer, toutes les deux, le souvenir de Richard.
Cette scène, d'un excellent mouvement dramatique, est remarquablement traitée ; elle
pose très nettement les caractères des deux
rivales. Si nous entrons dans ses détails, nous
voyons que le thème de l'*Ame de l'île* (III),
qui, sous la forme spéciale aux craintes de
Jeanine, revient renversé p. 35, m. 1, subit,
p. 36, m. 7, une nouvelle transformation ; que
celui des *Pêcheurs* (V) reparaît, à diverses
reprises, uni, la plupart du temps, à des transformations de la *Mer*, et qu'il reçoit aussi
d'importantes modifications — p. 41, m. 4, le
voici renversé, pleurant la ruine de Landry ;
quatre mesures plus loin, on le retrouve en
valeurs augmentées — ; que le motif de la
Violence (XI) est rappelé plusieurs fois ; que
celui de l'*Orgueil* (XII), souvent mélangé à
diverses formes de la *Mer*, joue un rôle important dans la trame orchestrale ; enfin, que
le thème du *Refuge* (II) est modifié à deux

reprises, p. 43, m. 3, et suiv. et p. 54, m. 6
et suiv. Il est bon d'observer que l'*Ame de
l'île* (III), p. 44, m. 8. 9 et p. 46, m. 1 et suiv.
est traité à la fois par mouvement direct et par
mouvement contraire ; il en est de même, p.
48, m. 5 et suiv. du motif d'*Orgueil* (XII).
Ce dernier fournit la magnifique mélodie de
Marianne : *O Richard, si tu m'avais aimée !*...
Celle de Jeanine : *Depuis que je pleure,
ô Richard !*... est basée sur le thème de l'*Ame
de l'île* (III). Ces deux fragments, d'une belle
inspiration, se terminent par un court ensemble d'un grand effet. Ils sont constamment
accompagnés par des transformations de la
Mer qui, d'ailleurs, remplit toute la scène.
Superposée a l'*Orgueil* (XII), p. 37, m. 2, 3,
elle affecte une nouvelle forme (*j*) qui, même
page, m. 8, 9, revient renversée (*k*). Envelop-
pant, p. 40. m. 1 et suiv., le thème des
Pêcheurs (V) du renversement (*m*) de la forme
(*l*), — celle-ci entendue pour la première fois,
p. 39, m. 7 et suiv., — c'est encore la *Mer*, toujours la *Mer*. Signalons enfin, p. 57, m. 2
et suiv., une superposition des motifs de
l'*Orgueil* (XII) et de l'*Ame de l'île* (III). Le
chant des pêcheurs, hissant les barques, retentit
à nouveau. Gervais revient, Marianne s'éloigne et Jeanine rentre dans la maison. Page
60, m. 6 et suiv., on trouve une nouvelle
transformation de l'*Ame de l'île*.

Richard, forcé par la tempête de chercher un refuge dans la baie de Grâce, arrive par le fond avec Lulu, tandis que Gervais, qui ne reconnaît pas, au premier abord, son ancien patron, se demande quels sont ces inconnus. Il y a là dix-huit mesures d'orchestre qu'on ne saurait trop signaler à l'admiration des auditeurs. Lentement, la flûte, alternant avec les violons, murmure, p. 62, m. 1 et suiv., sur les arpèges des harpes, une poétique transformation (*n*) de la *Mer*. Sous cette forme, le thème s'applique aux lointains océans qui ont vu naître Lulu et d'où revient Richard. Dès la quatrième mesure de la page 62, le motif du *Navire* (IV), élargi et chanté *piano* par les trois trombones, auxquels vient s'ajouter, bientôt, la moelleuse sonorité des altos, s'unit à celui de la *Mer*. En une noble et large phrase, Richard présente à Lulu son rocher natal. Celle-ci, fille des îles fortunées des chauds climats, s'étonne de l'aride sévérité de cette côte de granit et elle se laisse aller à regretter son pays de soleil. Toute cette scène est une merveille de fraîcheur et de grâce. Le cor, page 63, ramène le thème de *Goël* (VI) et rappelle la phrase entière de la ballade de Jeanine, pendant que l'*Ame de l'île* (III) chante aux violoncelles. l'age 64, m, 5, 6, nouvelle forme (*r*) de la *Mer*. Les étonnements de Lulu et ses regrets donnent lieu à une mélodie d'une inspiration exquise bâtie sur le motif du *Navire* (IV). La tonalité mineure imprime une pénétrante mélancolie aux premières mesures, mais, quand l'enfant vient à parler du « vaste et joyeux monde » tout s'éclaircit par le passage à la tonalité majeure ; l'effet est délicieux. Dans ces pages, la *Mer* subit deux déformations, la première (*o*) p. 65, m. 10 et 11, la seconde (*p*) p. 66, m. 7 et 8. Même page, m. 1, 2, 3, superposée à la *Mer* (*o*), on trouve, au hautbois, une jolie condensation du thème du *Navire* (IV). Le motif des *Mers lointaines* (*n*) et celui du *Navire*, sous sa forme élargie, forment l'accompagnement de la réponse de Richard à Lulu, nouvelle mélodie de la plus rare valeur, qui peut prendre place parmi les meilleures pages de M. Alfred Bruneau. La réplique de Lulu : *C'est pour toi que l'oiseau chante...* est soutenue, elle aussi, à l'orchestre, par le thème du *Navire*, traité à la fois par mouvement direct et par mouvement contraire.

Tout à coup, Gervais, stupéfait, reconnaît Richard. Lulu, avec une pudeur adorable, demande à retourner au navire, car elle se sent de trop au moment où son maître va retrouver les siens. Richard la congédie en une magnifique phrase écrite encore sur le thème du *Navire* (IV) dont, p. 72, m. 7 et suiv., il faut noter une transformation. Dans la courte scène entre Richard et Gervais, les accords de la *Menace* (VIII) se font entendre avec plus d'insistance, superposés à un nouveau renversement (*q*) de la *Mer*.

Jeanine, qui sort de la maison, aperçoit Richard ; elle tombe dans ses bras, en lui criant de la sauver. Devant les interrogations de son beau-frère, elle essaie de se ressaisir, mais, enfin, elle finit par tout lui avouer. A l'entrée de Jeanine, une nouvelle transformation du motif de l'*Ame de l'île* éclate à l'orchestre. L'accompagnement de cette scène est basé sur la superposition de deux formes de la *Mer* (*r* et *s*) qui se maintiennent de la p. 75 à la p. 78. Mais voici Landry qui revient la menace à la bouche. Le thème de la *Violence* (XI) réapparaît, considérablement élargi, uni à l'une des transformations (*t*) de la *Mer*. Un renversement (*u*) de cette dernière forme se rencontre p. 80, m. 3 et suiv. Landry accuse sa femme d'être cause que Marianne ne veut pas acheter les filets qu'il espérait lui vendre. Au moment où il va se précipiter sur elle pour la frapper, il s'arrête, interdit : son aîné est devant lui. Richard lui reproche sa conduite, mais Landry reste indifférent aux paroles du grand frère qu'il essaie d'écarter pour se jeter sur Jeanine. Richard fait fuir celle-ci pendant qu'il barre le passage à son mari.

Au cours de cette scène, l'ouragan grandit de plus en plus ; il éclate dans toute sa violence à la chute du rideau. Le motif de la *Mer* s'élève et gronde avec insistance sous deux formes non encore entendues. On rencontre la première (*o*) p. 84, m. 12 et suiv. ; la seconde (*w*) p. 89, m. 5 et suiv. ; celle-ci se combine plusieurs fois avec les accords de la *Menace* (VIII). Le thème de la *Violence* (XI) sous ses formes renversée et augmentée, p. 80, m. 17, et p. 81, m. 1 ; un renversement des *Pêcheurs* (V) ; enfin les motifs de l'*Ame de l'île* (III) et de l'*Orgueil* (XII), reparaissent dans cette fin d'acte. Ce dernier thème, p. 88, m. 5 et suiv., s'unit à un renversement de celui de la *Mer*. Au point de vue purement vocal, deux phrases de Richard sont à citer : l'une d'une tendresse émue : *Je veux que tu sois le Landry d'autrefois, mon petit frère..*, à l'accompagnement de laquelle le *leitmotiv* de *Violence* affecte, p. 84, m. 4, 5, 6, une forme adoucie ; l'autre d'une expression superbe : *Va, pauvre femme, je te refais libre* !

Le second acte se passe dans le vallon de la baie de Grâce, près de l'arbre géant qui, de ses branches, couvre la terre d'alentour. « Dans le fond, on aperçoit la baie, d'un vert pâle, endormie ; et il y a là un navire dont on ne voit que les mâts. Une lumière fine, sans soleil, noie la baie d'une pure clarté élyséenne. »

Un beau prélude, d'un sentiment tour à tour calme et passionné, précède cet acte. Le motif du *Refuge* (II) résonne d'abord aux cors, alternant avec celui de l'*Ame de l'ile* (III), murmuré par les clarinettes. Ce dernier, sussuré maintenant, p. 91, m. 4, par les flûtes, enveloppe le *Refuge*, qui chante, cette fois, aux altos. Le thème de l'*Ame*, passé aux hautbois, apparaît bientôt, superposé à l'appel de *Goël* (VI), lancé par les cors. Ceux-ci clament alors, en un chaud *crescendo*, la phrase du *Désir* (IX). Tout s'apaise, le violoncelle solo déroule le thème du *Refuge* (II), chantant le calme et la paix de la baie de Grâce. Les premiers violons s'en emparent ensuite, tandis que les seconds violons et les altos ramènent l'*Ame de l'ile*. Enfin, superposé à ce dernier dessin, confié au cor, puis au hautbois, p. 96, m. 7 et suiv., un nouveau thème apparaît aux premiers violons et aux flûtes.

XIII. Les Rameaux.

Ce motif descriptif figure l'entrelacement des branches de l'arbre tutélaire. Le thème spécial à l'*Arbre* (X) est ramené p. 97, m. 5 et suiv., par les bois et le cor, pendant que les harpes murmurent le persistant dessin en croches de l'*Ame de l'île* (III). Page 98, m. 3, 4, 5, 6, tandis que le thème du *Refuge* (II) reparaît encore aux violons et aux altos, les cors font entendre un rappel de la phrase chantée par Jeanine au premier acte, p. 20 : ...*Et dont les courants tièdes font fleurir l'éternel printemps !*

Jeanine dort, couchée sur la mousse, au pied de l'arbre. Lulu veille sur elle, tout en chantant une sorte de berceuse d'une forme très libre, d'un sentiment poétique exquis, d'une adorable richesse mélodique. Toutes les phrases de Lulu sont empreintes d'un pénétrant charme exotique, et le musicien a su leur donner cette couleur spéciale sans avoir besoin de faire appel à des modes plus ou moins usités. A part l'accompagnement des pages 98 et 99, où reparaissent les motifs du *Refuge* (II), des *Rameaux* (XIII) et le rythme de l'*Ame de l'île*, le tissu symphonique des chants de Lulu, instrumenté avec une délicatesse infinie, est entièrement basé sur le thème du *Navire* (IV) diversement varié. C'est de lui qu'est issu le dessin en noires, p. 100, m. 5 et suiv., égrené par la flûte, sur des accords de harpe ; c'est lui aussi qui fournit, p. 102, le dessin en croches des violons ; le voici encore, mais cette fois magnifié, élargi, p. 104, 105, 106 ; c'est toujours lui, p. 107, m. 1 et suiv. proclamé maintenant, sous une nouvelle forme, par les trombones, pendant qu'au-dessus, violons, altos, harpes, auxquels s'adjoignent bientôt flûtes et clarinettes, le traitent par diminution.

Jeanine s'éveille aux suaves accents de Lulu. Tout à coup le souvenir lui revient, et le thème de la *Violence* (XI) souligne sa crainte. Mais Lulu la rassure, et le brutal motif, évocateur du mari détesté, chante aux violons, p. 108, m. 7, 8, 9, sous une forme apaisée. Jeanine se laisse aller à la douceur de la baie de Grâce, de ce coin si calme, si abrité, dont la paix n'est pas troublée par la tempête qui fait rage au loin. Les motifs de l'*Ame de l'île* (III), du *Refuge* (II), de l'*Arbre* (X) reparaissent successivement ainsi que plusieurs formes, déjà connues, du thème de la *Mer* (j, k, l, r,) et trois nouvelles (x, y, z) qui surgissent, p. 109, m. 1, p. 110. m. 1, et p. 115, m. 9, 10. L'*Arbre* (X) subit aussi diverses modifications. Lorsque Lulu évoque devant Jeanine le souvenir des paradis de sa patrie lointaine, ce dernier motif revient renversé, p. 112, m. 13, p. 113 et p. 114. A ce dernier renversement est superposée une

transformation du même thème. Une autre
modification de l'*Arbre* se rencontre p. 114
et 115. unie au motif du *Navire*, lorsque
Jeanine interroge Lulu sur Richard.

L'enfant s'éloigne quand elle voit s'appro-
cher Marianne. Dans la scène qui suit, où
Marianne essaye vainement de décider
Jeanine à retourner près de Landry, le
thème de l'*Orgueil* (XII), soit sous sa forme
primitive, soit sous des formes augmentées
ou renversées, joue un rôle très important ;
il est souvent uni au thème de la *Mer*, dont
une nouvelle transformation (*a'*) se trouve
p. 122. m. 10, 11. Il faut signaler p. 121, m.
7 et suiv., une superposition du motif de
l'*Orgueil* et de celui de l'*Arbre*, tous les
deux modifiés d'une intéressante façon. Lorsque Jeanine célèbre l'Arbre de refuge, l'appel
de *Goël* (VI) revient à la voix, tandis que les
bois ramènent l'*Ame de l'île* (III). Le motif
de l'*Arbre* (X) se maintient aussi à l'orchestre
de la p. 123 à la p. 127. Il éprouve deux
transformations fort curieuses, p. 126, m. 3,
4, 11 et suiv. Soulignant la menace de
Marianne à sa sœur, p. 127, le cor anglais et
la trompette rappellent le motif du *Refuge*,
mais ironiquement modifié. Même page, pendant la sortie de Marianne, superposition du
thème de l'*Orgueil* (XII) et d'une forme de
celui de l'*Arbre* (X).

Marianne partie, Jeanine songe à Richard
qui va venir. Le motif de l'*Ame de l'ile*
(III) s'unit, à ce moment, avec celui du *Désir*
(IX). Lulu rentre, accompagnant son maître,
puis elle s'éloigne après avoir souhaité le
retour du beau temps qui leur permettra de
reprendre la mer. Le thème du *Navire* (IV)
revient ici, sous une très belle forme, rythmé
à sept temps réguliers, et superposé à une
nouvelle modification (*b'*) de la *Mer*. Page
131, m. 7 et suiv., le motif du *Navire* reparaît
renversé.

Richard reste seul avec Jeanine. La con-
versation commence d'abord sur un ton de
raison; le marin ne partira de nouveau
qu'après avoir assuré la paix à sa belle-sœur.
L'*Ame de l'ile* (III) sous deux de ses modifications et un de ses renversements, la *Mer*
sous deux de ses transformations (*j*, *y*), la
Violence (XI) sous une forme élargie, reviennent à l'orchestre. Cependant Richard et
Jeanine évoquent maintenant leurs souvenirs.
Alternant avec le thème de l'*Ame de l'ile*, un
nouveau motif, celui de la *Jeunesse*, accompagne exclusivement cette scène, de la p. 135,
m, 11, où il apparaît pour la première fois à

XIV. La Jeunesse.

la flûte, jusqu'à l'éclat de passion de Richard, p. 141, où il se mêle à l'*Ame de l'île*. Richard renonce à lutter plus longtemps contre l'invincible force qui le pousse vers Jeanine. Il y cède avec ivresse et il célèbre son amour en un chant passionné où se croisent, s'enchevêtrent, se superposent, se répondent, en une magnifique page orchestrale, différentes transformations (*j*, *l*, *a*, *r*) de la *Mer* et le thème de l'*Ame de l'île* (III), qui, p. 145, m. 3 et suiv., s'unit à un renversement de celui du *Navire*. Là-bas, l'ouragan fait rage. Le motif de la *Mer* rugit, furieux, à la clarinette basse et aux contrebasses, au cor anglais et aux violoncelles.

Jeanine, entraîne Richard sous l'arbre gigantesque, tandis que le motif du *Refuge* (II) se déroule harmonieusement au cor. Alors commence une scène de passion ardente où les voix, tour à tour séparées et unies, chantent l'hymne éternel de l'amour. Ce duo a été l'occasion pour le compositeur d'écrire d'admirables mélodies, chaleureuses, puissantes et saines, car elles ne tombent jamais dans cet érotisme de bas étage où certains ne craignent pas de galvauder leurs inspirations. Le point culminant de la scène est le passage où les amants glorifient l'arbre d'amour (p. 150-158), avec son instrumentation délicieuse qui donne à tout ce fragment une ado-

rable poésie. Dans la coulisse, un simple
quintette de cordes rehaussé par la sonorité
cristalline du célesta, murmure le motif de
l'*Arbre* (X), tandis qu'à l'orchestre les altos,
alternant avec la flûte, déroulent le rythme de
l'*Ame de l'île* (III) d'une façon persistante.
Outre ce thème, reviennent aussi ceux du
Refuge (II), des *Rameaux* (XIII) et du *Désir*
(IX). Une intéressante modification de l'*Arbre*
(X) est à signaler, p 156, m. 15, 16. Et quand
les voix s'unissent les mêmes thèmes, auxquels s'adjoignent ceux de la *Jeunesse* (XIV)
et de la *Mer* (*r*), chantent avec elles. La
phrase du *Navire* (IV) reparaît quand Richard
dit à Jeanine qu'il l'emmènera dans les pays
du soleil. Les motifs de l'*Ame de l'île* (III)
du *Refuge* (II), de l'*Arbre* (X) et du *Désir*
(IX), s'entrelaçent p. 162.

Marianne et Landry apparaissent à travers
les branches pendant qu'à l'orchestre éclate
une superposition des thèmes de l'*Orgueil*
(XII) et de la *Violence* (XI). Les cors font
entendre une altération du *Refuge* tandis que
Marianne retient Landry. Le rideau tombe
sur le motif de l'*Arbre* traité en augmentation
et superposé à une nouvelle forme (*c'*) de la
Mer.

Le troisième acte se déroule dans la salle
commune de la maison de Marianne, la
nuit, un peu avant le lever du jour. La

tempête, loin de se calmer, ne fait qu'augmenter et, pendant tout l'acte, l'ouragan souffle furieusement au dehors. Une lampe fumeuse éclaire la scène d'une trouble clarté.

Un prélude, à la fois brutal et passionné, décrit l'ouragan terrestre qui ébranle la maison de ses coups terribles et l'ouragan moral qui ravage le cœur de Marianne. Cette page symphonique, d'une extrême puissance, est remplie tout entière par le motif de la *Mer* sous des modifications considérables, qui se trouvent, dès le début du prélude, superposées les unes aux autres. L'une, tragiquement élargie (e'), gronde à la clarinette basse, aux bassons, aux violoncelles et aux contrebasses, suivie immédiatement de son renversement (f'); l'autre (d'), rapetissée, tourbillonne au-dessus à la petite flûte, au cornet à pistons, aux trompettes, aux seconds violons et aux altos. A partir de la cinquième mesure, ces trois formes de la *Mer* accompagnent un retour, en valeurs augmentées, de la belle mélodie de Marianne, p. 49 : *O Richard, si tu m'avais aimée !* chantée ici par les flûtes, le hautbois, le cor anglais, les clarinettes et les premiers violons, auxquels, vers la fin du prélude viennent s'ajouter un cornet à pistons et une trompette.

Marianne est assise près de la table, tandis

que Gervais regarde à travers la porte ouverte, dans la nuit obscure. Retour du thème de l'*Orgueil* (XII) uni aux formes (*e'*, *f'*, *d'*) de la *Mer*. Quand Gervais répond à Marianne qu'il guette les feux des barques non rentrées au port, le motif qui lui est particulier (VII) est redit par la clarinette, à laquelle vient s'adjoindre le basson, tandis que le dessin (*d'*) de la *Mer* continue aux violoncelles. Le thème des *Pêcheurs* (V), en augmentation, pleure ensuite au hautbois, pendant que la *Mer* affecte aux contrebasses une nouvelle forme (*g'*), simple renversement, d'ailleurs, de *d'*. La phrase des *Pêcheurs* reparaît à divers instruments superposée aux dessins (*d' g'*) de la *Mer*, durant le chœur de femmes qui éclate au dehors, lamentation dont les accents désolés ont une extraordinaire intensité. Gervais s'agenouille et, répétant la prière des femmes, il supplie Dieu de lui ramener, sains et saufs, ses deux chers petits-fils. Le motif du vieux (VII), celui de la *Mer* sous diverses formes et celui des *Pêcheurs* se maintiennent à l'accompagnement.

Mais pour Marianne, il est d'autres ouragans plus terribles que celui qui souffle au dehors. Le thème de l'*Orgueil* (XII), sous diverses formes, reparaît à l'orchestre uni avec la *Mer* (*d'*). Page 187, il faut remar-

quer la phrase impérieuse de Marianne :
*Ferme, ferme la porte, Gervais, le vent va
souffler la lampe !* qui, sorte de refrain tragique, revient, plusieurs fois, au cours de
l'acte et en forme la péroraison. Le *leitmotiv*
d'*Orgueil* (XII) remplit dans tout cet acte un
rôle très considérable. Il donne naissance,
p. 188, au dessin en croches qui s'unit au
thème de *Gervais* (VII). Tout à l'heure,
j'aurai l'occasion de signaler d'autres transformations de ce thème. Le chant du vieux
marin, célébrant et maudissant la mer, est
une inspiration pleine de souffle et de
grandeur. Son accompagnement est entièrement basé sur le motif, toujours traité en
augmentation, des *Pêcheurs* (V) et sur la
forme (*r*) de la *Mer*. Le thème de *Gervais*
(VII), qui persiste à rester uni au dessin en
croches issu de l'*Orgueil* et une nouvelle
transformation de ce dernier motif, p. 192,
m. 13, 14, superposée à la phrase des
Pêcheurs, qui, p. 193, m. 7, reparaît renversée, commentent le dialogue entre Marianne et Gervais. Ce dernier ouvre encore
la porte, mais, sur une nouvelle injonction
de Marianne, il la referme et se décide à
aller rejoindre les femmes au dehors.

Marianne, restée seule, s'abandonne à son
désespoir, Ah ! que lui importent ses barques
en danger ! Qu'elles périssent et que la

4

tempête engloutisse aussi avec elles et la maison, et l'île, et le monde ! Marianne ne pense qu'à Richard, qu'elle va perdre encore. Il est venu avec Jeanine lui demander un asile pour la nuit et, dès le matin, il doit reprendre la mer en emmenant sa belle-sœur. Marianne ne peut envisager froidement ce départ. Pour l'empêcher, elle est prête à tout, même à un crime. Puisque Richard ne veut pas être à elle, qu'il meure donc ! Ce monologue se fait remarquer par sa déclamation large et expressive. A l'orchestre, nous retrouvons le motif d'*Orgueil* (XII), plusieurs fois modifié, p. 196, m. 9, 10 ; p. 197, m. 8, 9 ; p. 198, m. 9, 11 ; p. 199, m. 15 ; celui de la *Mer* sous une nouvelle forme (*h'*) et celui de la *Violence* (XI) en valeurs augmentées, par mouvement direct et par mouvement contraire.

La porte s'ouvre. Landry, échevelé, trempé, entre dans la salle. Quand Marianne lui fait part de son tourment de femme amoureuse, il lui crie sa jalousie dans un morceau de belle et vigoureuse allure, bâti sur le thème de l'*Ame de l'île* (III) et accompagné, dans sa majeure partie, par un dessin en doubles croches dérivé du motif de la *Violence*. Une autre transformation du même motif s'unit, p. 208, m. 7 et 8, à celui de l'*Ame de l'île* ; le *leitmotiv* de l'*Arbre* (X), sous deux

.modifications, revient p. 209, m. 3 et suiv.,
et p. 210, m. 5, 6, où il se superpose à la
Violence qui, là, se fait entendre en notes
d'égale valeur. Le dessin en croches, ori-
ginaire de ce dernier thème, se rencontre
renversé p. 212, accompagnant l'*Ame de
l'ile*. Enfin, le thème de l'*Orgueil* (XII)
revient à plusieurs reprises, ainsi qu'un
nouveau motif aux harmonies bien caractéristiques, celui du *Meurtre*, exposé p. 203,
m. 6, 7, 8, 9, par le cor anglais, la clarinette
basse, les altos et les violoncelles.

XV. Le Meurtre.

Marianne fait cacher Landry après lui
avoir bien recommandé de ne paraître que
lorsqu'elle lui fera signe. Richard descend
dans la salle. La *Mer* (*j*) alterne avec la
Violence (XI), qui, p. 215, m. 2 et suiv.,
murmure aux contrebasses, considérablement élargie. Marianne, maintenant, fait à
Richard l'aveu de son amour ; elle le conjure
de renoncer à Jeanine, la femme faible et
inconstante, qui ne convient nullement à un
homme tel que lui. Cette supplication élo-
quente découle du motif de l'*Orgueil*, dont
chaque transformation traduit à merveille les

divers états d'âme de la malheureuse femme.
Une nouvelle forme de ce thème se rencontre
p. 217, m. 3, 4. Un fragment de la mélodie
de Marianne, au premier acte, est ramené
p. 220 et suiv. par la clarinette et les violons
sur le dessin en croches dérivé de l'*Orgueil*,
exécuté par les altos. Page 222, la mélodie
complète reparaît, cette fois, aux altos, sous
un dessin en doubles croches, toujours issu de
l'*Orgueil*, déroulé maintenant par les violons.
Une très intéressante transformation (*i'*) de
la *Mer* attire l'attention p. 222, m. 7, à la
flûte et à la clarinette, par son allure quelque
peu fantastique. Une autre modification (*i'*)
est aussi à signaler p. 224, m. 1. On trouve
aussi dans cette scène des rappels de l'*Ame
de l'île* (III) et du *Navire* (IV).

Jeanine arrive à son tour, prête au départ.
Marianne essaye de retenir encore sa sœur et
Richard. La forme (*j*) de la *Mer* persiste à
l'accompagnement. Le motif de l'*Ame de
l'île* se superpose, p. 229, m. 1 et suiv., à
une nouvelle forme de l'*Orgueil* (XII). Tout
à coup, tandis que le *Meurtre* clame à
l'orchestre, Landry sort de sa cachette, le
couteau à la main. La dramatique scène
entre les deux frères est en partie soutenue
par une nouvelle transformation du motif de
la *Violence* (XI), p. 230, m. 5 et suiv.,
traitée simultanément par mouvement direct

et par mouvement contraire. Le *Meurtre*
(XV), l'*Ame de l'île* (III), enfin l'*Orgueil*
qui, p. 235, m. 1 et suiv., sous une forme
haletante, s'unit à l'une des modifications de
la *Violence*, reparaissent dans ces pages.
Lorsque Marianne veut empêcher Landry de
se jeter sur Richard, p. 239, m. 5, 6, le
motif du *Meurtre* (XV) se superpose à la
Mer (*i'*). Marianne plonge son couteau dans le
dos de son beau-frère. Qu'il meure, lui,
plutôt que Richard ! Page 240, m 4 et suiv.,
le thème d'*Orgueil* reparaît en valeurs augmentées.

Gervais accourt. Par la porte qu'il laisse
ouverte, la tempête entre dans la salle. Les
transformations de la *Mer*, apparues pour
la première fois dans le prélude de cet acte,
éclatent avec violence. Et le vieux marin,
haletant, désespéré, crie la catastrophe. Cinq
barques ont coulé avec leurs hommes et
parmi ceux-là se trouvaient ses deux petits-
fils ! Là-bas, la lamentation des femmes
s'élève à nouveau et Gervais joint sa voix aux
leurs, pendant qu'à l'orchestre, le thème des
Pêcheurs et les dessins (*d'*, *g'*) de la *Mer*
résonnent encore. Brusquement Gervais
recule devant le cadavre de Landry. *C'est
l'ouragan qui l'a tué*, déclare Marianne,
sombre et farouche. A l'orchestre déchaîné,
éclatent les formes (*d'*, *g'*, *h'*) de la *Mer*. La

lampe s'éteint ; la scène n'est plus éclairée que par le falot qui jette sur le cadavre un reflet verdâtre. *Ferme la porte, Gervais,* hurle Marianne, *le vent vient de souffler la lampe !* Et le rideau tombe, tandis que, furieusement animé, le motif d'*Orgueil* (XII) revient dans le fracas. orchestral.

Cet acte est un chef-d'œuvre d'épouvante et de grandeur tragique. Il tient le spectateur haletant, angoissé, depuis la première jusqu'à la dernière note, et il le laisse sous une des plus fortes impressions que l'on puisse ressentir au théâtre.

C'est le petit port de Goël qui sert de cadre au dernier acte. La tempête est finie et les barques, par un ciel bleu, une mer apaisée, partent de nouveau pour la pêche.

Le début du prélude, dans sa tranquillité sereine, chante le retour du beau temps. Le motif de la *Mer*, sous sa forme primitive (I), revient ici, tel qu'à l'introduction du premier acte. Une modification de la phrase du *Refuge* (II) apparaît, p. 249, m. 11, 12, superposée à un nouveau *leitmotiv*,

XVI. L'Apaisement.

qui, par les voix du cor anglais, de la clarinette et du basson, proclame l'*Apaisement*

des éléments et, tout à l'heure aussi, celui
des cœurs. Une nouvelle forme de l'*Ame de
l'île* (III) se rencontre p. 250, m. 1. Même
page, m. 5, superposées au thème de l'*Apaisement*, le cor, puis la trompette font entendre
deux nouvelles modifications du *Navire* (IV).
Ce thème, toujours transformé, continue à la
page suivante, confié aux violons, auxquels
se joignent bientôt les flûtes et les clarinettes,
tandis que les altos déroulent une transformation en doubles croches de l'*Apaisement*
(XVI). Citons enfin, p. 252, m. 5 et suiv.,
une autre transformation du thème du
Navire, superposée à celui de l'*Apaisement*
réentendu, cette fois, sous sa forme principale.

Marianne, pensive, regarde les barques
s'éloigner. Les voix de ceux qui les montent
s'effacent, peu à peu, dans le lointain. De
même qu'au début du premier acte, ce chant
se compose de trois couplets, séparés par des
récits confiés, non plus à Gervais, mais à
Marianne. Ce second chœur d'hommes est,
comme le premier, une inspiration d'un
charme vigoureux qui exprime bien l'insou-
ciance des marins en face du danger per-
manent. A l'accompagnement de la seconde
strophe revient le motif des *Pêcheurs* (V) ;
à l'accompagnement de la troisième, celui de
la *Mer* (*b*). Les différents récits de Marianne

qui, p. 253-259, précèdent, séparent, suivent les chants des matelots sont, dans leur libre allure mélodique, d'une expression admirable. Ces phrases peuvent compter parmi les plus belles de l'auteur du *Rêve* et de *Messidor*. Les thèmes de l'*Orgueil* (XII) et de l'*Apaisement* (XVI) les soutiennent à l'orchestre.

Tristement, Marianne songe que tout est fini pour elle. Le mort la sépare à jamais de Richard, dont le départ, ainsi que celui de Jeanine, est imminent. Non ! il faut à tout prix que celle-ci reste à Goël. Encore une page qui mérite de retenir l'attention par la puissance, la justesse, la vérité de sa déclamation. Son accompagnement est basé sur le motif de l'*Orgueil* (XII) superposé à un élargissement de celui de la *Violence* (XI) et plus loin aux formes (*k' l'*) de la *Mer*. Un dernier *leitmotiv* : les *Larmes*, s'affirme p. 262, esquissé d'abord, m. 1, au chant et, m. 2 et 3, soupiré par les violons et les altos, puis gémi par la clarinette. Quelques mesures plus loin, il s'unit à l'*Apaisement*.

XVII. Les Larmes.

 etc.

En apercevant sa sœur et Richard, Marianne se cache derrière un rocher. Au

moment de partir pour toujours, Jeanine
hésite ; elle regrette d'abandonner Goël et elle
supplie Richard d'y rester avec elle, puisque,
maintenant, ils sont libres de s'aimer à la face
de tous. Dans son inconscience, elle ne voit
aucun obstacle au rêve qu'elle poursuit. Mais
Richard repousse avec énergie une telle proposition, et Jeanine, humble et soumise, se
déclare alors prête à partir. Le motif du
Navire (IV), uni aux formes (*a*, *r*) de la *Mer*,
revient fréquemment dans cette scène. Page
266, m. 3, il revêt, par suite d'une transformation nouvelle, un caractère impérieux et,
page 274, m. 10, il apparaît renversé. Un
rôle prépondérant est réservé au thème de
l'*Ame de l'île*, dont la double signification
trouve ici une application tout indiquée. Ce
motif se mêle à celui du *Navire*, p. 265, m. 1,
2, 3, 12, 13, 14 ; p. 266, m. 9, 10, et, p. 272,
à la forme (*v*) dela *Mer*. On retrouve aussi
une des modifications de la *Violence* (XI)
et le thème de l'*Arbre* (X) qui, p. 270, m. 4,
revient transformé et qui, même page, m. 7,
se superpose à celui du *Refuge* (II). Ces deux
derniers thèmes reparaissent encore sous le
rappel de l'ensemble du second acte qui ter-
mine la scène. Au point de vue strictement
vocal, donnons une mention à la douloureuse
réponse de Richard à Jeanine : *Lasse d'aimer
avant d'avoir aimé...*

Au moment où les deux amants vont s'éloigner, Marianne s'avance et les arrête. Comme aînée, elle défend à Jeanine de partir. Celle-ci reste sourde à cette injonction ; alors Marianne appelle à son secours le souvenir du mort et elle le dresse, vengeur, entre Richard et Jeanine. Mais, tout à coup, sa force l'abandonne et elle éclate en sanglots. Jeanine, émue, essaye de consoler sa sœur et elle mêle ses pleurs à ceux de Marianne. Le motif de l'*Orgueil* (XII), tantôt sous sa forme principale, tantôt sous une forme augmentée, suivi de son renversement, celui de la *Violence* (XV), traité en augmentation, par mouvement direct et par mouvement contraire, exposé aussi sous son aspect primitif et sous une nouvelle modification qui paraît p. 278, m. 8, 9, accompagne la discussion entre les deux sœurs. Sous l'élan de bonté de Marianne, quand celle-ci consent au départ de Richard et de Jeanine, le thème des *Larmes* (XVII) revient au cor, puis à la clarinette et ensuite au hautbois, tandis que celui de l'*Apaisement* est ramené par les harpes et les altos. Une adorable phrase, où passe une réminiscence de *Messidor*, est murmurée par le hautbois, p. 282, m. 4, 5, 6, unie au thème des *Larmes*, gémi par le violon solo alternant avec la flûte, et à celui de l'*Apaisement*, confié aux violoncelles et aux contrebasses.

Devant le groupe lamentable formé par les
deux sœurs sanglotant dans les bras l'une de
l'autre, Richard regrette amèrement d'avoir
été forcé par la tempête de relâcher à Goël et,
déjà, germe dans son esprit la résolution qu'il
prendra tout à l'heure. Les motifs de l'*Orgueil* (XII) et de l'*Ame de l'île* (III) superposés, le dessin en croches tiré de l'*Orgueil*,
le thème de la *Violence* (XI) et celui du
Meurtre (XV) se maintiennent dans ces
pages. Le beau *largo* chanté par Richard,
p. 286, 287, 288 : *Ah ! le regret d'être venu !*
est accompagné par la *Mer* en sa forme
principale (I) et par le thème du *Refuge* (II).
Pendant l'arrivée de Lulu, p. 288, m. 5 et
suiv., le thème du *Navire* (IV) éclate *fortis-
simo*, au milieu de la transformation (*a*) de
la *Mer*. L'enfant accourt presser le départ de
son maître ; on n'attend plus que lui, qu'il se
hâte donc de venir reprendre avec sa petite
Lulu ses courses à travers les mers sans
bornes, vers les îles fortunées pleines de
fleurs enivrantes et de chaudes clartés. Ce
chant, qui, de la page 289 à la page 296,
passe par plusieurs tonalités, est le digne
pendant des mélodies soupirées par Lulu au
second acte. Bijou délicatement ciselé, sa
place est toute marquée dans l'écrin, si riche
déjà, de M. Alfred Bruneau. La trame symphonique, instrumentée avec une délicatesse

rare, est basée sur diverses transformations du motif du *Navire*. On les rencontre p. 289, m. 3, 4 ; p. 290, m. 11 et suiv. ; p. 292, m. 1, 2 et 5, 6, 7. Cette dernière est des plus intéressantes. Le même thème est aussi traité simultanément par mouvement direct et par mouvement contraire, p. 289, m. 5 et suiv. Presque toujours le thème du *Navire* est uni à celui de la *Mer*, soit sous les formes (*a*, *l*), soit sous quatre nouvelles transformations qui se trouvent, la première (*m'*), p. 290, m. 11 ; la seconde (*n'*) p. 292, m. 1 ; la troisième (*o'*) p. 294, m. 1 ; la quatrième (*p'*) p. 295, m. 5. Les deux réponses de Richard : *Lulu, ma petite hirondelle voyageuse...* et : *Oui ! je te suis, je pars avec toi...*, accompagnées par la forme des mers lointaines (*o*), qui s'unit au thème du *Navire* (IV), sont, elles aussi, des mélodies de haute valeur.

Richard a pris son parti. La voix de Lulu, pénétrante et douce, lui a montré la route qu'il doit suivre. Il dit un éternel adieu à Marianne et à Jeanine, qui, enlacées, se résignent à son départ. Les phrases de Richard sont d'une mélancolie pleine de grandeur. Les motifs de *l'Apaisement* (XVI), de *l'Orgueil* (XII), de la *Mer* (I), reviennent dans ces pages ainsi que celui de *l'Ame de l'île* (III), uni, p. 301, m. 1 et suiv., au thème de *Goël* (VI). Au loin, on entend les matelots qui chantent joyeusement le prochain départ. Ce chœur prend son origine dans le motif du *Navire*. La phrase d'adieu de Richard, accompagnée par le motif de la *Mer* (I), est d'une superbe envolée. Pendant qu'il s'éloigne, appuyé sur Lulu, le thème de l'*Apaisement* chante aux cors, suivi de celui du *Navire* (IV) uni à la forme (*a*) de la *Mer*.

Ce dernier acte est d'une tristesse indicible merveilleusement rendue.

⁂

Telle est cette œuvre, où les qualités maîtresses de M. Alfred Bruneau : l'abondance, la personnalité, la distinction des idées mélodiques, le sens inné du mouvement dramatique et des justes proportions, la clarté de l'inspiration, la netteté dans la peinture musicale des caractères, le profond sentiment de la nature, s'affirment, une fois de plus, de la façon la plus remarquable.

Il est encore une autre qualité qui recommande la partition de Bruneau à l'admiration de ceux qui savent aimer le Beau en dehors des partis-pris d'école ou de personnes. Sur celle-ci, il convient d'insister particulièrement, car elle prime toutes les autres. Je veux parler de l'extraordinaire justesse d'expression de la partie vocale. Dans l'*Ouragan*, plus encore que dans les précédents ouvrages de son auteur, la musique s'unit à la parole d'une façon si intime, elles font, toutes les deux, un bloc si compact, si solide, que l'on ne saurait imaginer une autre traduction mélodique du texte de Zola.

L'instrumentation, traitée avec toute la richesse de coloris de la palette orchestrale moderne, contient nombre d'effets intéressants. Elle passe, tour à tour, de l'extrême puissance à une douceur exquise. La musique française possède peu d'exemples d'une page offrant la fougue, la grandeur farouche, l'éclatante sonorité du prélude du troisième acte et de morceaux aussi légèrement orchestrés que les chants de Lulu. Mais, toujours, le grondement continu de la *Mer* enveloppe le tissu symphonique et instrumental. Il persiste à travers l'ouvrage, obsesseur et tyrannique comme le murmure éternel de l'Océan, qui tantôt déferle, mollement, sur les grèves de sable, tantôt se brise, furieux, contre les hautes falaises.

La partition de l'*Ouragan*, très chaudement défendue par des partisans nombreux et enthousiastes, a été, d'autre part, maltraitée avec autant d'injustice que le poème qui l'a inspirée. Mais, là encore, les trois quarts de

ceux qui traînèrent dans la boue l'œuvre et
son auteur le firent pour des raisons étran-
gères à la musique. L'ami courageux et
fidèle d'Emile Zola était visé derrière le musicien qu'hypocritement on semblait seul
attaquer. L'autre quart se composait de quelques rares personnes qui, de bonne foi, n'aiment pas la manière de Bruneau et d'un parti
plus nombreux de jaloux et d'impuissants.
Ceux-ci ne peuvent pardonner au compositeur la place prépondérante qu'il occupe, à
l'heure actuelle, et parmi les musiciens, et
parmi les critiques.

C'était, le soir de la première représentation
de l'*Ouragan*, une chose à la fois cocasse et
lamentable, d'entendre, dans les couloirs,
certains musicastres qui arrivent à grand'peine
à pondre, de loin en loin, une mélodie pous-
sive à l'usage exclusif de quelques salons *bien
pensants*, déclarer, avec une suffisance n'ayant
d'égale que leur insuffisance : « Bruneau n'a
jamais été, ne sera jamais un musicien. »

Pas musicien, le grand artiste qui a écrit
les pénétrantes mélodies du *Rêve*, les *Adieux
à la Forêt*, le chant du *Semeur* et ceux du
Berger, dont Vincent d'Indy m'écrivait un
jour : « C'est grand et simple », la *Légende de
l'Enfant Jésus*, les préludes de l'*Attaque du
Moulin*, de *Messidor*, de l'*Ouragan* et tant
d'autres pages d'une si noble inspiration !

Des assertions pareilles ne valent même pas la peine d'être discutées, mais, pour la gaieté française, il serait fâcheux de ne pas les signaler.

L'harmonie si neuve, si osée d'Alfred Bruneau a suscité, pour l'*Ouragan* comme pour ses autres ouvrages, les mêmes critiques. Le collaborateur d'Emile Zola n'a pas hésité à sortir des sentiers battus où ont déjà passé maints moutons de Panurge. Il dit ce qu'il a à dire avec un style qui lui appartient en propre et dont il se sert en toute liberté, estimant justement que, dans une œuvre dramatique, la fin justifie les moyens. Mais les hommes sont toujours les mêmes ; les exemples du Passé ne leur servent de rien. Quand je lis les reproches jetés, aujourd'hui, à la tête de Bruneau, je me reporte à ceux adressés jadis à Beethoven par les pontifes de l'époque. Je me souviens des critiques qui accueillirent la *Neuvième* et les derniers quatuors. N'allat-on pas jusqu'à qualifier ces œuvres, indiscutées maintenant, de « musique de sourd » ? Plus récemment encore, Wagner et Berlioz furent en butte aux éreintements de la plupart de leurs contemporains. Chose plus triste, l'on vit Berlioz, lui-même, nier la grandeur du prélude de *Tristan* et n'y trouver : « qu'une sorte de gémissement chromatique rempli d'accords dissonants dont de longues appogiatures, remplaçant la note réelle de l'harmonie, augmentent encore la cruauté. »

Bien plus, à propos de *Tannhœuser*, l'auteur de la *Damnation de Faust* allait jusqu'à écrire ceci : « Le Parisien a ri du *mauvais* style musical, il a ri des *polissonneries* d'une orchestration *bouffonne*, il a ri des *naïvetés* d'un hautbois ; enfin, il comprend donc qu'il y a un style musical. »

Je ne résiste pas à l'envie de citer un autre exemple. Celui-ci nous est fourni par M. Camille Bellaigue dans un article consacré au poète allemand Grillparzer, qui jugeait ainsi l'*Euryanthe* de Weber :

« Cette musique est abominable. Ce bouleversement de l'harmonie, cette violence faite au Beau aurait été punie par l'autorité aux temps heureux de la Grèce. Une telle musique est contraire à la bonne police ; elle formerait des monstres, si elle trouvait peu à peu accès partout... Cet opéra ne peut plaire qu'à des fous, à des imbéciles, à des savants, à des voleurs de grand chemin et à des assassins. »

Ne croirait-on pas entendre le critique de la *Revue des Deux Mondes* parler de l'*Ouragan*? L'éreintement de Grillparzer n'a pas, que je sache, nui à *Eryanthe*. Celui de M. Bellaigue ne ternira pas davantage les beautés de la partition de Bruneau.

L'harmonie n'a pas de règles immuables. Depuis deux siècles, elle a subi des variations continuelles. Tout grand musicien en a usé avec elle selon son libre génie, depuis Rameau qu'on traita, dans son temps, de fou furieux, jusqu'à César Franck, que certain compositeur, alors professeur au Conservatoire de musique, qualifiait un jour « d'âne », en ma présence, dans un accès de colère jalouse.

L'histoire de l'art musical nous apprend qu'à leur apparition, presque toutes les œuvres de haute valeur eurent à lutter contre l'incompréhension, les railleries, les discussions ardentes. Toutes firent naître autour d'elles de vraies batailles. Le nouveau drame lyrique de Bruneau n'a pas failli à cette loi. C'est tant mieux pour lui.

L'*Ouragan* est une partition saine, robuste et d'une sincérité absolue. Alfred Bruneau l'a écrite dans toute la plénitude de sa haute conscience artistique, sans jamais condescendre à faire au mauvais goût d'un certain public la moindre concession. Le vaillant auteur du *Rêve* n'est pas, en effet, de ces compositeurs qui consentent, pour obtenir un succès immédiat, à trahir ou à abaisser leur idéal.

L'Ecole Française peut hautement revendiquer l'*Ouragan*. Elle a le droit d'être fière

de ce superbe ouvrage que l'Avenir, — j'en
ai la foi inébranlable et profonde, — classera
parmi les plus belles, les plus originales, les
plus caractéristiques manifestations d'Art de
l'époque actuelle.

Nantes. — Imp. F. SALIÈRES, rue Santeuil, 12.

DU MÊME AUTEUR

~~~~ ~

Etudes analytiques, critiques, thématiques

L'Attaque du Moulin, d'*Alfred Bruneau*.

Brisëis, d'*Emmanuel Chabrier*.

Le Chant de la Cloche, de *Vincent d'Indy*.

L'Evolution musicale chez Verdi : Aida, Othello, Falstaff.

Les Femmes dans l'œuvre de Richard Wagner, avec une préface d'*Alfred Bruneau* et vingt dessins d'*A. de Broca*.

Fervaal, de *Vincent d'Indy*.

Hænsel et Gretel, d'*E. Humperdinck*.

Kérim — La Belle au Bois Dormant — Requiem — Penthésilée — Lieds de France — Chansons a Danser, d'*Alfred Bruneau*.

Les Interprètes musicaux du Faust de Gœthe (épuisé).

Messidor, d'*Alfred Bruneau*.

L'Œuvre lyrique de César Franck.

L'Œuvre théâtral de Meyerbeer.

L'Ouragan, d'*Alfred Bruneau*.

Proserpine, de *Saint-Saëns*.

Le Rêve, d'*Alfred Bruneau*.

Samson et Dalila, de *Saint-Saëns*.

Sancho, de *E. Jaques-Dalcroze*.

Tannhæuser.

Le Théatre a Nantes depuis ses origines jusqu'a nos jours (1430-1901), avec dix gravures et un portrait.

Les Troyens, de *Berlioz*.

Ouvrages divers

Collot d'Herbois a Nantes, d'après une pièce originale découverte dans les Archives de la Ville.

Dix jours a Bayreuth.

Notes de Voyage.

Souvenirs de Bayreuth.

En préparation

Consonnances et Dissonances.

www.ingramcontent.com/pod-product-compliance
Lightning Source LLC
Chambersburg PA
CBHW070813260626
47161CB00006B/2266